文學之森

銀色快手

得麟珍藏

文學之森

走進文學之森

找回故事的力量

獻給　我的父母及妻子

古事記

銀色快手詩集

航程

序詩／印刷術

生活油墨滾來滾去
苦樂酸甜在臉上
印刷歲月

薪水袋是用完即掉的墨水
用微笑印刷疲憊

床深陷凹版
小腹隆起凸版

妳印刷著我
用愛與寬容

没有人能讀出淚水或青春
來貶低這篇上帝之威力的
宣言，上帝以他絶妙的反諷
同時給了我書籍與黑夜
——波赫士〈天賦之詩〉

有人

有人半夜闖進玉米田
像一隻餓得發昏的熊
還沒嚐到香甜的玉米
已嗅出遠方警戒的狼煙

每一處風吹草動
靈魂在那裡飄浮
思想聚集的地方
幽幽如鬼火

黑夜可以是冒險
也可以是陷阱
夢遊的稻草人
記憶將連根拔除

會不會是你踩到了
我預先埋伏的機關
在逃脫與抉擇之間
斬斷了雙足

原來時間是個身手矯健的賊
有著詩一般模糊的背影
和小說常見的曖昧情節
總是醞釀著要離開

即使希望如夢的灰燼
如螢火蟲在指尖閃爍
那微弱的光便是
我生命中全部的黑暗了

寫信

我想寫信給誰
你是我想要傾訴的對象嗎
你是那個面貌始終模糊的收信人
你會不會收到我晾在屋簷下的那些信

曾經，我用水性原子筆
把我的心思意念工整地謄抄在
一張張信紙上，但並沒有寄出去
信封上沒有署名也沒有貼上郵票

晾在風雨中的信，一字一句
隨時光褪去它的字跡，一點一滴
會不會字多褪去一些
你的心裡就多了一行句子

是我想對你說而沒有說出來的話
當字跡完全褪去的那天
我會不會遇見你

或許這封信是寫給街道
不會有人撿起裡頭藏的心事
或許，這封信是寫給路人
下一個轉角旋即被拋棄、遺忘

只有雨能體會那種漸層藍
這樣的一封信，寫給未曾謀面的你

相遇

我們應該相遇
在城市的某個街道
不確定的牆，張貼著尋找的地址
寂寞的心室誰來承租
霧迷路，酒吧旁的咖啡館還亮著
走進去吧，飲一杯溫熱的桑布卡
月光在窗外乞討貓咪遺落的金幣
下一段曲目出現之前
排練分手與眼淚的墜落式
而情歌哀傷似雪
貓咪冰凍的灰唇
就要呵出一尾魚的形狀
游向夜深觸不到的海洋

末竟

我想為你的詩
剪去一些多餘的鬢角
再為那些不夠純粹的
句子剃去鬍渣

我想像你的詩
有著水仙俊美的
輪廓，他們分開彼此
卻隔著死亡相戀

詩是唯一的真實
你戴著它，像永不摘下的
面具，原來信仰僅止是
一張薄薄的面膜

夜已悄悄覆蓋沉默
我底視線虛弱
彷彿字被吸走了
說不出的黑暗

你的未竟之詩
早早將我一生的
傲慢與匱乏
都琢磨成鑽石

流向

蘆葦彎腰詢問溪水
關於詩的流向
詩清澈宛轉猶如山泉
流經湍急的溪石
理性與感性奏出敲打樂

時間是停滯的，語言是流動的
經過無數次的能量碰撞
推擠、才能抵達心靈的出海口
你必得鬆開文字的箝制
隨竹筏漂流
去捕捉那些游來游去靈感的魚
懂得如何繞過浮石暗礁
與糾纏牽絆的水草對話或沉默

避開混濁的泥沙，危險漩渦
歷經歲月無情的銷蝕依然存在

當一切變動趨於靜止
溪水乾涸，山谷夷為平地
沉積如水成岩般的思維
便是大地用心譜寫的詩篇

裂縫

我的身體有一道細細的裂縫
隱而未見的秘密藏在裡面
生命最初的過程
生物本能的欲求
從黯淡的月光
釋出原始的脈動
如果感覺私奔出體外
或許能讓你明白
這條裂縫亟待你的開發
你的深入

光明與黑暗間
也有一道細細的裂縫
有人遊走法律的邊緣

依憑謊言和造作生存
而你踩著破碎的玻璃走來
鮮血曳成長長的路
窄而黑　陰鬱而潮濕
唾液　背叛　粗糙的汗
拼貼的情欲中
為何不見血色的湧動

失去

失去想像空間
經常於記憶流失的
下水道尋找時間的控制閥
偶爾去佛洛依德那兒
借一些夢境
借一些不完整的美好
曝光過度的膠捲　不連續的
失焦的畫面

失去想像能力
還能有一面鏡子去複製表象麼
意識被操縱如傀儡
許多活蹦亂跳的腦細胞
如千層派的皺褶　粗礪的石灰質

破損的蛛網膜　不斷尖叫　我的孩子

每天醒來
必須面對現實複製過去
過去模仿著未來
想像孕婦妊娠中絕
煩惱熾盛
如同預先排練好的一場血崩
超現實的夢
在私處醱酵
酒神鍾愛的肉體學校

失去想像場景
主角不在那裡　沒有台詞的對白

孩子額角滴著血　睫毛都掉光了
他的雙親還在隔壁的房間吃芒果冰
感覺和意識之間分隔了好幾個世紀
始終聽不見對方聲音　訊號））　微弱））

夢分岔，穿過羊男的迷宮
多層次物件導向更繁複的腳本人生
卡夫卡撥開迷霧，重新繪製地圖
引入全新的下水道系統
來供給大腦每日定期排泄廢物

（以下空白……）

是誰，偷偷在暗中記錄

並關掉了我們的
夢

文明

關於結論人們疲於追究
而八方聚攏的雲
留在原地
形而上的記錄著

當人們激辯著進化抑或創造
普羅米修斯偷來的火種
在時間縫隙中無聲地傳遞
藍色是思想　白色是輸送管

人們展現豐富的表情
從誇張的肢體到抽搐的肌肉
目睹衛城潰塌的過程
如戰場上橫七豎八陣亡的將士

聖殿的圓柱於劫灰中
羅列言語的碑碣
MILD SEVEN LIGHT
CARDIER
峰

東方的雲和西方的雲
都飄向相同的地方
我們都是見證者
呼吸著歷史
歷史在我們肺中循環
形成哲學的雲
接著下起文明的酸雨
頭髮淋成了地中海

絕望

我們從不絕望

只是耐心等待文藝復興到來

神話學

妳告訴我，妳的心裡住著一個綁馬尾的小女孩，天氣晴，她要去流浪了，把風摺成遠方的鄉愁，那裡有一條古老的河流，流向童話故事的源頭，所有的動物開始説話了，女巫把大家召集起來，編成隊伍，要跟國王比賽下棋，她的口袋有兩條巧克力，可以賄賂或使壞，妳告訴我的時候，風信雞指著南方，我正想念著妳。

玄秘塔

妳閉上眼睛
像盲人一樣專心
感受指尖輕觸
靈光開啟的瞬間

山連水環的身世
曲折蜿蜒的感情線
最驚心動魄的冒險

我無意揭露千年流轉的心事
蓮花的香氣自在飄了過來
念動咒語喚醒迢遙的前世

妳的掌心忽然長出一座玄秘塔

觸感嶙峋，飛簷尖頂
靜聽僧侶喃喃持誦的梵唄聲

這音律、這節奏、敲進心裡的字
引我回溯久遠之絆的往昔……
那時還年輕，湖很綠，草色青青
搖曳倒影沉醉，晚風拂掠髮膚
輕柔呼喚前世的名

「要帶我回到草原」妳說。

兩顆星終於狹路相逢
我們細數光河裡的流浪
倉惶的步履是妳走失的金縷鞋

燎原的無名火是我斷念焚燒的經句
如火之淬鍊、鼎之裂紋
把故事寫於掌心不要忘記

玄秘塔藏著萬言書
雪冷銳利的匕首削去封印
句句都是深情的許諾
烈焰焚城的唇再予以封緘
我在妳溫熱的掌心落款

「千年情痴藤纏樹
一語驚醒夢中人」

現在妳可以張開眼睛了

屬於我們的祕密結晶
就在這玄秘塔裡

天使

這是個適合天使練習飛翔的下午
操場上草坪上廣場中央河堤邊
你看天使們的翅膀伸展得多麼秋天

我們把參考書和便當盒都交給了天使
從書包裡拿出昨晚才黏好的翅膀
也試著練習像是合唱團每天早晨練習
發聲那樣勉強地展開發育不良的
翅膀尋找一片合適的天空飛翔

我們的遊戲總在放課後才開始
必須保守的像是小天使與小主人之間
的默契在教室裡把紙條摺成一架架
迷你的紙飛機用一種優雅的姿勢射

向思念的標靶角度很重要它可以載著
小小的歡笑滑翔自然科學老師正在
黑板上講解雲的形成和氣流有關
生物老師說鳥的翅膀有氣囊所以喬登
才能飛得那麼高在電視前告訴我們只要
勇敢去做你也能像大樹一樣喔

可是當翅膀被掛在樹枝上電線桿上
那時候就不會這麼想曾經樂觀的以為天空是
我們的等我們長得更大一些的時候天使們
就不再陪我們玩甚至把翅膀藏起來某些惡
作劇的天使喜歡藏在圖書館裡面某些藏在
車庫裡面某些藏在銀行裡面某些藏在
投票箱有些藏在被當做垃圾丟棄的玩具箱

被丟棄在充滿污泥的河流下游我們的
翅膀被魚啣走了被青蛙踩過了被填土覆蓋
過去我們的秋天正緩緩地經過世紀末的
大地我們的房子上方不再有天使
經過偶爾飛過的客機留下天使走後的
一長串白色的無言留在藍藍的天

我們的神話彷彿也註寫在雲端而天使們
也許此刻正躲在彩虹背後偷偷地哭泣而我們
並不曉得只是那些參考書和便當盒又還
給了我們的孩子記得有一天下午那是一個
晴朗的日子我和我的孩子們說著天使們
的故事說著說著孩子們突然想要練習飛翔
隨即從書包裡拿出蠟製的翅膀

向我們說聲拜拜
轉身奔向太陽

絕楚

很久很久以前
小王子也曾經擁有過一座花園
在那裡有冰釀玫瑰可以生飲
有漂亮的狐狸尾巴可以禦寒
小王子渴望自己被一種完美的寂寞占有
並渴望在沙漠裡找到第一位瞭解他的朋友
也許是仙人掌也許是駱駝也許是外星來的飛碟
也許是失事降落的噴射機
那麼就會有一大群朋友
故事發生了那麼久
自然而然像是聽著蠍子
與狼相繼死去的故事
但那寂寂的世界裡
卻充滿著生命力

讓人奮不顧身
像沙漠中的雨滴
我的未成形詩
就在這樣艱困的環境中長大
起初像一顆豌豆那麼綠
後來因為那女子流浪的肩膀
似乎可以搭成一座通天紫塔
我便來到了巨人的故鄉
又過了一千年
在不同的時空一個極偶然平凡的下午
我們再次重逢的瞬間
像雪花在肌膚表層炸開
多麼希望我是個沒有過去的人
沒有悲傷也不懂什麼是哀愁

在白色天堂定定看著雲外
飄落如細雪的櫻花
永遠也回不到孕育我的
那顆寶藍色的星球
是一場夢
戀到了絕楚的地步

井之湄

林子裡安安靜靜地
躺著一枚羽化的靈魂
滿地黃葉覆蓋了妳
酡紅而耽美的妳

落葉因風吹起
而翩飄起舞
森林的精靈們此刻
正輕盈地穿梭花叢
採擷秋末的香氣

睡美人妳何時醒來
一百年
甚至更久

夢中的世界
會比現在更美好嗎

在井之湄
端詳妳的容顏
溫柔而神秘　忽遠又忽近
細數青春的燕尾
但寂寥一吋吋抽長
沿井壁攀上來

妳的髮絲究竟被什麼纏住了
愛人的背影或前世的記憶
為何如此憂愁、如此憔悴

又為何沉睡在這裡
成為森林的守護

青春可汲
已沒有了回聲
井湄之外
撕開沒有毛邊的風景
夢的盡頭站著模糊的童年
微笑向我招手
轉眼間又離我好遠好遠

我想
妳真的累了
但睡得香甜

雨后的牧神是我
偶然打從這裡路過
不想驚擾整座沉睡的森林

或許妳是無心
卻無端地走向井湄
看看自己的前世
只飲了一小瓢相思罷了
只飲了一小瓢相思罷了
就倒在落葉的懷抱中

收斂　妳的淚水
像一枚思念大地的掌葉
靜靜沉睡
在井之湄

養粽子

端午節前夕你傳來簡訊叮嚀我以下事項：
要記得把套在脖子上的藍色棉繩解開
適度讓自己放鬆、有空就出去玩
經常運動有益身心健康

我確實有按照指示餵自己足夠的澱粉紅蔥頭及少許胡椒
也許是吃素的關係怎麼最近從鏡子裡看來特別瘦
似乎睡眠不足惡夢連連打呼磨牙全部一起來
應該試著睡在陽台用晾衣架把自己調整成空中飛人模樣
腳不著地懸在半空頗有一種哲學家思索的姿態

開始學習所謂的母語搞不好可以跟魚蝦溝通甚至
勸勸屈原去看當地的巫醫不要老是一個人在河邊念念有詞
其實粽子也有心電感應，當訊號微弱的時候

多曬曬太陽可以補充體內自行組成的營養素

很多時候我們不能明白粽子的內心世界
總是用很多謊言的葉子密不透風地包裹住自己
充滿有毒添加物的環境容易讓夢想窒息
最好在每晚睡前禱告求上帝幫助我遠離魔鬼的轄制

想要向世界傳達的訊息即使如糯米黏稠語意不明
思想如栗子需要敲開偏見的硬殼才能嚐到甜蜜的滋味
而不斷被炒作的土豆話題依然包覆著層層媒體的操弄
在進食之前必須先用礦泉水潔淨你的靈魂
用杯子盛好雄黃酒，在門前插好艾草
立一枚雞蛋在你家客廳（日常的物理學實驗）

你問我日子過得好不好
其實屈原比我還清楚
世界上沒有比詩人節這一天更難過
養一粒粽子所需要花費的耐心
遠超過炎炎夏日正午時分接近攝氏四十度
走在凱達格蘭大道長長的斑馬線上
更加速汗水與鹽分的新陳代謝

我相信這一切都是好的

私奔

是啊　到處都是無可依戀的目光
那幅畫還擺在鞋櫃旁　隔壁是公寓的滅火器
上方是緊急照明燈　鞋櫃上擺著兩本翻譯的詩集
題名為暴風雨的拼圖　靜靜地擱置在時光角落

必然是一連串驚心的預兆　暗示我們即將遠行
逃到那裡還不都一樣　伊甸園早就停止營業了
我們還浪漫地打算去私奔　無視於精靈們的監視
Pierre Auguste Cot　美好的筆觸賦予妳豐腴的身形

這薄紗豈能抵擋得住早春的寒凍
顯然身體的溫熱不被黑暗力量所操控
而我們奔跑的姿態像是舞蹈那樣均衡美妙
假使森林裡的蕈類同時間釋放迷惑的氣味

暴風雨就要來了　小動物們倉惶地奔竄
陽光在烏雲背後消聲匿跡　提線傀儡般的雨
落在我們焦躁的肉體上　卻沒有半點聲音
當人們的眼神牽動那些不著痕跡的線

奧菲麗亞

妳會不會回顧
投以永恆的憐憫
當我血刃的雙手
穿過妳冰涼的頭顱
全部的愛徹底浸泡
在血泊中航行

以此為救贖吧
世人不知
愛有多殘酷

若有人願意
奉獻自己
成為神的祭品

奧菲麗亞
妳必定是染血的羔羊
我夢中聖潔
且淫亂的天使

罌粟死亡的氣息
雛菊天真的氣息
玫瑰熱情的氣息
忠誠和早逝的紫羅蘭
都是最細緻美麗的陪葬品

當遠方傳來悲切的哀歌
水草纏住妳通往冥河的船
我止不住呼喊乞求原諒

音符疼痛地穿過妳烏黑的髮
每彈奏一遍
就傷害一遍

卡珊德拉的復仇

你無從知曉卡珊德拉的美麗與哀愁
當所有戀人幻化成飛鷹、馴鹿和蜘蛛
心之森林已成為囚禁愛與自由的城堡
她會說牠們聽得懂的溫柔密語
牠們則會模仿她的笑聲而有時更像在哭泣

廢寢忘食解讀古老咒書的她
用盡各種方式想挽回消逝的愛
說好不再有懊悔不再有怨毒
黑暗紋身封印著嫉妒的火把
牠們額頭上仍留有可恥的記號

敕令使者去蒐集幽谷的螢火
為召喚被遺忘鎖住的冰霧年代

日夜祈禱並焚燒寫給陰間的疏文
卡珊德拉啊累世的業障因果
足以鑄成一部亂倫的法典了

號角又吹響並引渡她至無人之境
娓娓訴說愛情之不可被預言性
惡意肆虐赤腳踩踏荊棘與鋒刃之間
荒蕪的乳房脆弱的肩膀沒什麼可依恃
唯獨記憶尖叫著幸福在地獄裡受罰

垂滅之眼

夜夜我在冥河一帶逡巡
用七弦琴彈奏出悲哀的曲調
好讓那些亡魂別來纏妳
妳穿過黑湖與水晶的拱門
循著琴聲跟隨我的腳蹤

我試著將妳的手抓得更緊
好讓前行的路有個美麗的藉口
寧願更消瘦一些憔悴一些
也不願換來如髮絲般輕柔的嘆息
寧願烏鴉啄瞎我的眼睛
也不忍回顧妳憂傷飄零的身影
發自妳瞳眸中溫柔的光

訴說著精靈的語言
窮盡畢生之力也翻譯不完
那時另一個星雲已然誕生
妳的名字仍鐫刻在我心版上

再沒有一面鏡子能讓我
忘卻世間一切
唯獨妳，親愛的尤莉蒂絲
水面裱貼著金箔
妳的呼吸吹進我的眼裡
就這樣深情注視著
傾其所有在彼此的目光中
做最親密的一次接觸
瞬間，我已擁有永生的喜悅

陰翳禮讚

她被綁縛在宮中
一根被邪惡盤踞的龍柱上
她的襦袢似乎經歷過
父系威權的摧殘

她滾動的軀體
似在展現欲望的有限性
誰為刀俎　揭開偽善的義乳
向那未出世的孩子
訴說殘忍的秘密

她如此愛
夜以繼日折磨她的
黑暗暴君

情願成為時間的俘虜
守著沒有脖子的月圓

勢必得用她的鮮血
醮祭山神　撫平大地祖靈的憤怒
她終於意識到自己其實是慰安婦
當死神如期出現她的面前
再沒有恐懼能動搖她

她的一生被夢的利刃
切割得瑣瑣碎碎
她的衣裳化為墳塋
生是包裹著來
死亦包裹而去

這樣的夜晚

這樣的夜晚，如果不是
你來，點一盞燈
在我黑洄的眼窩中

或在小小的窗前，修一封長長的信
綴幾行細雨，或者……
熬一碗冰釀曇花，夢的舌蕾甜透
淋漓的，夜的背心

這樣的夜晚，如果不是
你來，闖入我深深海睡
秋的夢土鬆軟，聆聽記憶熟落
夜不會如此清純誘惑
像桂花……

故鄉的嗅覺，芬芳甦醒
彈唱著歲月的歌

如果你來，在這樣的夜晚
像雨中寂寞相對的百合
一些些完美，一點點要求
彼此坐看到天亮也好

失眠也好，即使牧羊人丟掉他的羊
傷心也好，頻頻搖落的金急雨
這樣的夜晚，如果你來
那則遺失的童話就找得回來

最初

假如我年輕時死去
請埋葬我
讓我輕盈地躺在
灑滿玫瑰花的夢境裡
黎明破曉時
沉入河水

我的頭髮濕了
我的身體也是
而你是那條河
把我帶往
時間的去處

那裡沒有過往

也不曾記憶
一切
保持在
最初的狀態

最初的我
相信愛情

病孩子

有時也想過毀滅自己，
用一種極端方式從地球上消失。

像是上乘輕功足以逸脫所有看不見牢籠，
誦念咒語瞬間從魔術師斗蓬遁逃至不屬於自己所處空間，
眼前始終有霧氣圍繞，沒有明確輪廓和邊界，
聽不見任何聲音，只有無限寧靜和死寂，
有充分時間看著自己孤立無援死去。

宇宙維持緩慢運行，不會有人打擾，不涉入因果，
沒有戰爭與和平，膝蓋變得冰冷且硬，過往記憶凍結，
心臟還在跳動，血是藍色，直至完全透明為止。

多麼美好地獄。

更悲傷的事

——給所有黑暗中的普拉絲

我試圖，愛
路燈下交互投射的虛像
一個你靠近了，一個你更遠了

我和牆，說話

它沉默且忠貞
它的皮膚溫暖

若不愛了，我

又怎能覺察光影的移動
或家具腐朽的聲音

我愛你
的身體

快拔掉栓子吧
讓憂鬱哭個痛快

如果，愛是髒話

罵的人
會比被罵的
更○○

我想跟你做

一件我們都會
後悔的事

雨夜雜感

某傍晚搖搖欲墜
翻開蘇偉貞的《夢書》
尋找當年遺失的一串鑰匙
路的盡頭左轉又回到
兒時的南方公園
發現這裡擺盪的鞦韆
有幽靈坐過的痕跡
訴說些卑微與瑣碎
耳語多麼真切
回憶是風，謠言像落葉
整個下午貓都在打呵欠
好不容易把影子晾乾
信箱仍空蕩蕩的
我想我應該徹底安靜下來

宛如一灘死水
盡可能不戳破你的謊言

他需要治療

他埋頭苦幹寫著自己的罪狀
寫成一本本厚厚的日記
卻害怕被別人偷看
曾經想放把火燒了它們
像個精神分裂的縱火犯
可是他沒有勇氣
他害怕聽見它們發出尖叫
曾經他站在橋上猶豫
要不要把它們扔到河裡
可是他沒有勇氣
他有懼高症他不諳水性
做為一個殺手
他的想法始終停滯在起跑線
所有選手已經衝刺到終點

他還在想為什麼要參加這場比賽
他已經說得太多
他腦子裡漲滿了秘密警察
他需要治療

多重人格

我希望停止我們之間的對話
因為他們並不瞭解，我們
正在進行溝通而非爭吵
他們有時也想加入
但他們害怕我們的世界
會因此壯大

我們之間應該由誰發落
應該由我們來決定
而不是任由他們來制定
遊戲的規則，他們的
口頭禪：民主
也是他們的護身符

所以這間醫院裡
病人和醫生的角色
經常互換，定義曖昧
界線模糊但那不重要

我們非意識的個體
從字面上抽離的
我，們

櫻島和吸毒的女子

在夢中的房間醒來的時候，我發現自己睡在一間破舊的房子，推開木窗，有灰塵隨著光隙灑落，但是窗外的景致吸引了我，那是一座隔著河流的島，島上開著極燦爛的櫻花，一叢叢像是妖怪成群地向我撲過來，那樣爭奇鬥豔著，像女神們圍繞在河畔唱著歌，像罌粟散發著熟透的芬芳，吸引我泛紅嗑藥的目光。

在一陣混亂的影像切面，流動的河已不見，場景已換成一處暗不見日的倉庫，有人在暗處點了洋火靠近我，那是尖沙咀的某處廢棄的廠房，在我眼前的女子，是九七之前跟著難民偷渡到香港來，有個拍十六釐米的導演相中了她，她娓娓道來。

她的過去，從被遺棄的女嬰開始，就是一連串悲慘的遭遇，她手上有許多針孔，都是戒不掉的毒癮所致，在暗黑的巷弄我聽見難忍的哭泣。於是一幕幕的鏡頭開始放映著，我走進她的思維她的記憶，第一次被男人侵犯，奪走她貞操的那個夜晚，在香港的拘留所被毆打的傷痕，她認識了那個男人供給她三餐和裸體演出，在大學裡讓藝術學院的學生素描的下午。

那是導演得獎的記錄片，十六釐米，搖晃的鏡頭，快轉的場景，她在吸毒，她枯瘦的身體，和牆上的血跡，那些針孔，長出了紅色的嫩芽，然後是罌粟的葉是罌粟的花苞，接著又變成了巨大的果蠅，來吸吮她身上的體液，終於她被吸乾了，那些男人的手試圖擦去痕跡，但她已無神，臉上是空洞的兩個窟窿而身體像枯柴一般，那些洞更大了，風穿過她的身體。

她告訴我這個故事，用她單薄的影子，在淩晨四點的時候，我被送進廣東的解放軍精神病院，外頭下著雪，看守我的四個解放軍同志，正在打樸克牌，我沒有醒過來。

睡前不該看波赫士

睡前不該看波赫士的短篇小說
被虛構的國度裡奇妙的特隆人思想所籠罩
於是在凌晨四點至五點做了這個夢
夢境中的我是以概念的碎片存在
就好比未成形的拼圖，每一塊分裂的我都是形容詞

夢境目的是為了去拼湊一個屬於特隆身份的我
只能用形容詞來建構不存在於此空間的另一個分身
在做夢的時候，牛奶兔在客廳裡跳來跳去
不時跳到睡在沙發上的我，兔子的出現在夢中形成干擾
但兔子的意義變成了連接詞，連接夢中的我
那些無意義的形容詞在兔子跳躍過後
突然就形成了有意義的子句
開始進行文法上的化學作用

就這樣眼看著一個即將成形的特隆身份
以跳躍的意象由此飛奔至彼
牛奶兔居間穿梭，使分裂的彼此有了合作關係
從島至島，有沒有可能重塑一個完整的語系大陸
把失落的符徵與符旨都找回來呢？

夢醒時，一切的趨向完整的可能性宣告破滅
而自己仍分裂著，飄浮在意象的宇宙裡
只看見牛奶兔毫不在意地，靠到我身旁舔舔我的腳趾頭
旋即，又回到牠的世界專心地啃食紅蘿蔔
對於兔子來說，畢竟我是比不上一根紅蘿蔔存在的意義吧

盲目書店

我使用堆疊的語彙來陳述我看見的這個世界。我使用語彙，用那些重複的字眼，來陳述我從文本看出去的這個世界，或是這個世界的複數——這個由鏡子繁衍增殖、由百科全書羅列其龐大體系、由老虎的牙震懾行走的路人、由水晶球來夢占的未來，以及火中的廢墟引發咒術和魔法，一個看不見卻真實存在的世界。

是我盲目地走進這家不起眼的書店？還是書店盲目地穿過我的眼前？在真實與表象之間，我如何能抓住要領，找尋它們的平衡點？或是悠然地行走在兩者交界的邊緣，而不致墜落痛苦無間、裂開大嘴準備將我活活吞食的黑暗深淵？不要讓文字來將我綁縛、困陷在迷宮裡，被時間與字謎套牢，我有屬於自己的閱讀地圖、意象地圖、美學地圖可以定位出目前的所在位置，不致盲目，輕鬆走出米諾克斯布局的食人陷阱。

據說每個膜拜知識的人在克里特島上最後都會成為犧牲品——像一隻被黏在知識之網無可救藥的小蟲子，這隻可怕的蜘蛛，遲早都會把我們吞進肚子裡。結果並不重要，但故事的情節迷人，故事被書寫、被傳述、被誤解的過程曲折離奇而讀者你已經被包含在裡面了，成為母體最新鮮的奶水，因為孤獨的緣故。

我複述從天空像雪一樣飄下來的書單，書名和人名本身就是一連串的指標和圍牆，夢中的我正步履蹣跚地走進這家盲目書店，用汗衫和尿布換來的紙鈔，盲目地選購自己要看的書，微薄的薪水僅供我在店內閱讀，閱讀一本找不到字典可以查閱、簡單卻艱澀的無字天書，三十七分鐘之後，我明白了，自己是不該來這家店的，因為我遺失了可以被識別的部首，我只是一個拼錯了的單字，被擺錯了位置的感嘆詞佔據着書本一個不起眼的段落，終其一生都不可能被讀者校對出來，只有憑信念和冥想，才能證明我曾經存在過。

存在於一個夢裡，或是存在於一個隨便從馬路上聽來的消息：像虛構的男主角在分辨不出是晴天還是雨天的某個下午，無意識地走進一家書店，沒有招牌也沒有書架，更別提那些不曾存在過的書，可是他確實翻開過一本沒有任何字在紙頁上殘留時間傷痕的書，他肯定是做了夢，但沒有人願意告訴他說，是該醒醒了，別總是在現實中夢遊！

如癌蟹行

親愛的
這是最後一次對你說話
我已無法抵擋時間的侵蝕

早晨起床刷牙
發現自己內在的空洞不斷擴張
被隱形細胞大口吞噬
如癌蟹行，穿透我的髮膚
死神的旋律在腦海的音箱共鳴

我走在銳利無比的鋼索上
迎向月光把賸餘的淚水晾乾
不需要向任何人證明自己是誰
因為鏡子裡的我形同鬼魅

煙與霧，骨頭散架的孤獨
濃稠的黑色液體從那些孔隙滴落
用殘缺惡夢堆砌成一座華麗宮殿
這是我最後的牢籠了

除了愛
沒人能進得來

可否借我一點你的勇氣

一切的感覺到最後全都輸給了時間
意志無法隱瞞身體的疲倦
好累　好累　像旋轉的陀螺那樣暈眩
轉啊　轉啊　人生像是迴轉壽司
總是一邊嘗試一邊失去新鮮口感

生活的步調一再重複
從星期一到星期五
我的微笑裝置正常運轉
但是喪失理智的螺絲
卻使人狂亂

心底沒有漣漪
窗外是不是還下著雨

風景不再是從前的風景
我不再是從前的我

能不能只是借你的肩膀靠一會
因為我好疲倦　無力抵抗這個世界
能不能只是像朋友一般擁抱
借我一點你的勇氣　我會再努力走下去

借我一點點　只要一點點這樣就可以

我存在是因為你存在
你走了我只是空氣　愛只剩下灰燼

借我一點抵抗世界的勇氣

不要讓我的脆弱那麼無助
不要讓我的悲傷無處躲藏

借我一點你的勇氣
讓我笑著鬧著看來還是無憂無慮
我想問你未來的路該怎麼走
生活中的許多挑戰該如何面對

關於那些累和繁瑣
堆積起來的疲倦
可不可以對你說

我給自己一點點勇氣
只是為了證明自己還存在

還在呼吸這個世界的髒空氣

我的靈魂跳過火圈

我喜歡黑暗。
因為所有的傷痛與淚水，
所有的喜悅、愛和夢境，
都藏匿在黑暗中，
我不會出租給任何人，
因為找不到比這更幸福的地方。

——銀色快手

秋刀魚之味

街燈剛睜開眼
夜抹上酡紫色淡妝
放學的子矜奔游如魚
湧出校門潮如水
如茫茫白色蘆花
簇擁季節的秋色

秋刀魚的眼神
秋刀魚的擁擠上岸
街車密織成網
瞳中輝映豐饒的意象

陸上的魚
脫不出生活的鹽份

而乾渴無語
大海啊　請不要棄絕
以夏日的遺忘

物質之河從城市毛細孔竄出
匯流入海　意識掙扎泅游
污濁中只能呼吸下水道的空氣存活

望不穿盡是滿眼燈迷
炫光刺眼的廣告招牌
水溶溶的黃昏街道
只看見寂寞
魚貫而來

那棵白楊木

仍徘徊、逗留在記憶最荒涼的地帶
安靜的冬日上午　眼神
遲滯　冷水湖的霧氣徐徐划開
一些些斷續而破碎的句子
企圖越／界　逃亡

和遠方流浪的自已相遇嗎？
和疲倦的行李分手嗎？

夢如囈語

等待與不安深埋的那棵白楊木
沉默地將自己高舉成旗杆
沒有飄揚的口號
迎向八方的風

而眼神遲滯
仍在記憶最荒涼的地帶逗留
徘徊　掘開怔忡的自已
一些枯朽的聲音等待復活

將隨著雨的腳步
那棵白楊木　悄悄
抽芽　當春天來臨時

蔚藍成海

從德布西的音樂出發
航行在白色磁磚與藍色浴鹽之間
十隻蠢蠢欲動的腳趾頭
被海浪捲入湯布院

迷迭香洗去煩躁
蓮蓬頭梳理柔絲般的海藻
紅珊瑚天空充滿氣泡
感覺十分美好

運送陽光到島上
金色砂粒鑽進毛細孔
船近了　又遠了
海龜的殼用來寫日記

甲骨文的天氣、生鏽船錨和魚皮
雲的眼角詩意脈脈
記憶的瀏海宛如熱帶雨林
如此粗糙的吻蛇藤般糾纏

月光裁製的水手刀
把眼睛掏空換成星星
親炙生命的原鄉
想念的潮汐已蔚藍成海

水男孩

你記憶中那個昨日
在岸邊觀潮戲水堆沙堡的
男孩如今他的皮膚
已深深被海風挫傷
侵蝕成蜂巢狀

他的眼眶無法承載
更多的浪花以至於
看不清楚自己
形成的漩渦什麼模樣

海輕易地流入
並流出他的身體
鹽分飽和

他的淚／是甜的

泡沫與沙粒
結為連理

更多的浪追逐
摔碎的影子
集體裸奔

他的四肢散落在各處
成為珊瑚
他的骨幹柔軟
似海草隨波逐流
他的腦子浸泡多時
水母般的深透明

他的臉像錨
擱淺在你記憶中
最疼痛的位置

象的消失

從童年的照片上消失
也不過是瞬間的事
風從回憶的縫隙切入
紅色河流氾濫成災
霧穿過我們的皮膚
涼涼的好像愛玉冰
雲的水母飄自由來去
只有幾個人在那裡
摩摩喳喳
熱氣球飛過城市上空
灰色的長鼻子
牠輕輕撫觸每一件事物
沒有讓人覺察到
撕下日曆的速度

我們黑色的葬儀隊
沿著河出發了
從城市的邊緣載運
惡臭的粗大垃圾
快樂地唱悲傷的歌

眼看烏雲就要過去

眼看著浪襲捲你的呼喊
眼看著海吞噬你的身影
竭力求援卻無人聽見
這夏日的海邊

你原是我摯愛的手足
血濃於水的至親
如今漂流的靈魂遠離了我
又將往何處去？

聽不見你喚我的名
耳朵漲滿潮浪無情拍打的聲音
看不見你向我揮手
眼底盡是凶猛懾人的漩渦

大海與天空的邊際　我看見
一抹神秘的微笑消失了
沒有暗示　不著一字
像未寫完的遺囑
透明的墨水從眼眶中滴落

眼看著烏雲就要過去
我只能安安靜靜
待在原地
擦乾記憶

我的靈魂跳過火圈

忽然發覺身邊的人，漸漸消失
一轉身，我成為鉛字
他們一個個都沒有了名字
荒煙蔓草，蟲屍豸骨

人生如霧，戰士皆斷頭
不再感覺羞恥和累
更深沉，看不見
夢早已曝曬多時

是誰在他們的意志裡扒糞
是誰披著人皮露出假牙的笑
太陽下山，月亮下山
腐敗一步步靠近沼澤地帶

總是聞到一股歷史的騷味
骷髏在歌唱，骷髏在跳舞
書寫者徹夜未眠召魂獻祭
汗水……火焰……吞

盡是魅影的行走
沒有文字護持
我的靈魂跳過火圈
下雨……樹葉……船歌和鼓

把毛怪丟進洗衣機

親愛的C，妳知道我昨晚脫下來的臭襪子放在哪裡？
毛怪知道。他會從地板上的書和雜誌堆把臭襪子叼出來。
像養狗一樣，貓應該要從小訓練，長大才能表演吞劍和跳火圈。
我們不是說好要帶他去拉斯維加斯巡迴演出嗎？然後開車去大峽谷玩。

親愛的C，妳知道牛頓在早餐的鍋子裡到底煮了幾顆鬧鐘？
毛怪知道。雖然食盆裡的貓餅干還很充足，貓砂盆也無半點動靜，
他依然勤奮起舞，跳到我的睡榻上喵喵嗚嗚叫著自以為是的起床號，
我真的好想睡到不省人事哦，別再雞婆想要告訴我現在幾點鐘。

親愛的C，妳知道鼻子像關不緊的水龍頭是什麼感覺嗎？
毛怪知道。他會用掃帚般的尾巴襲向我脆弱的呼吸器官。
用貓毛滿天飛的拿手絕活，讓我敏感到不容忽視他的存在。
哈啾！感覺就像在冷水湖裸泳上岸迎面又吹來一陣寒風。

親愛的Ｃ，妳知道外面因為沙塵暴的緣故大家都不敢出門剪頭髮嗎？
毛怪知道。不管陰晴濕度空氣污染指數，做一個氣象觀測員最重要的，
是記住塔羅牌的花色和隱喻，或是花粉熱和樂透之間的蝴蝶效應。
即使伸出貓掌一次只能數到五，但該剪的貓爪還是一根也不能放過。

親愛的Ｃ，妳知道跟一隻貓咪搏鬥要耗費多少卡路里嗎？
毛怪知道。因為他有被害妄想症，進浴室以為自己被送進毒氣室，
死命抓住半透明的浴簾和我Ｂ罩杯的胸脯並留下鮮紅色的個性條碼。
像被拔光毛的落湯雞，乖乖趴好不要亂動，很快就可以出浴了。

浮腫的魚眼睛，沒做完的噩夢，阿斯匹靈加保力達Ｂ
胃痛、牙痛、偏頭痛加進來一起用力攪拌，腦細胞快速運轉
星期天的計畫就是把毛怪丟進洗衣機和世界一起滾動。

寂寞敲門

我忍住
盡可能不去想
寂寞長得什麼模樣

但寂寞又來找我了
我聽見她來敲我的門
喊我名字　要求我
讓她進來

外頭很冷下著雪
她大概凍得腳趾都紅了
我能夠想像
但屋裡沒有暖爐
燈也壞了

我沒有力氣開門
找不到替代的蠟燭
每個夜裡
寂寞都來敲門

消波塊成形的風景

我滾燙的跳動的心臟
如急馳的黑色輪胎
路燈是不眠的貓的夜瞳
按摩城市寂涼的背脊

此刻夢為我的思念導航
忘情擁抱的昔日海港
漲潮時分的浪花
從月光之東拍擊上岸

不知何時這裡築起了觀景台
使用的木材從很遠的山上運過來
聽不見海鳥揮動翅膀的聲音
只看見路旁流動式咖啡館

像海鷗張開雙翼
向我展示苦澀酸甜
愛情的百般滋味

遠處還有賣燒烤的小販
透抽三支一百叫賣著
味蕾的記憶似乎
還在烤肉架上滋滋作響
小發財車滿載腐敗的魚貨剛剛經過
泥濘不堪的回憶
隨海風吹送至遠方
有人在岸邊施放孤獨絢麗的煙火
大喊：失戀萬歲！

我聽見賣香腸的小販
跟客人玩著命運的骰子
我看著消波塊成形的風景
淚水充滿砂粒

這一切的一切
都是我腦海中的漩渦
把我捲入寧靜的波濤
沉船後我們的情感遺骸
就是在那裡找到的

陽光照射不到的深海
我默默悼念你的名字
令人心跳加速的名字

令人心碎難眠的名字
時光擱淺記憶深陷
慢慢堆積成珊瑚礁

燈塔熄滅
夜間的漁火熄滅
港邊的街燈熄滅
我在你眼中點燃的
最後一盞燭光熄滅

我擁有一座巨大黑暗的港口
歡迎琳瑯滿目的悲傷進駐
只屬於浪遊者的狂歡節
什麼都不說一直看著海

你的臉彷彿沒有盡頭的海岸線
恍然大霧，趕緊踩油門
從風的懷抱中加速離去

如果時間倒轉

有時候，看她獨坐在那裡，靜靜發亮，我感覺自己像面鏡子，在映照著她的過去，並等待她詢問我，關於美麗的秘密，但我說不出口，我怕說了，她就要老去，不能再像從前那樣美麗，所以我沉默，猶如一潭聽不見回聲的井，有時候，看她獨坐在那裡，我的心就一點一滴沉浸在看不見的漆黑裡，停止呼吸。

拾級而上

都忘了為何來到這裡，是誰暗中操弄雷射刀，消除記憶迴路，我不清楚。只感覺身體傾斜成某種角度，沿著濕滑滿佈青苔階梯朝上方移動。有光線從遙遠的頂端投射，髣髴從井底仰望飄浮在上方的模糊黯淡的月影。從我看不見的高度俯瞰，也許，這座塔樓是耳渦狀的，我不確定，因手邊沒有工具，無法量度。

又像是安靜在巨大深白色鸚鵡螺內側散步，傾聽呼吸穿過孔隙逐漸形成回聲。在這個陌生的地方，我仔細擦拭沾了泥巴的鞋子，小心翼翼踩在每一格狹窄的空間裡，不想留下任何線索或暗示，並拒絕其他漫遊者追跡我的腳印，這是我一個人的樓梯，我不需要努力踩響它，企圖引起他人關注。

終於第七天遇見了父親的幽靈，他微笑著擦肩而過，從我身旁走下樓去，比活著更健康而年輕，好像正要出門去街上買菸。但父親從不抽菸的，以前他咳得厲害的時候，是失眠損壞他的生命。我注意到他穿的黑色大衣，兩排金色鈕扣很體面，他穿著皮鞋，似乎能讀出他憂患的眼神，我數著熟悉的軍籍編號拾級而上。

齒輪輾轉聲響，嗅出生鏽一般血鹹氣味，繼續滾動身體，任憑履帶上緊發條，替未來世界添加意義。隨機選擇亮起燈號，地獄或天堂，刷卡血拚。像一座通電的牢房，塔樓維持它的高貴與傲慢去對抗卑微、媚俗以及廉價兜售的自由。你必得勞動，才能撿拾辛苦的麥穗，神說。

十三樓。環繞音效的玻璃帷幕，有星座運行其上，規律而富有神秘性。我撿起粉筆，畫了個魔法記號，用手一推，夢外的黎明冷不防滲透進來，像秘密警察尖銳、寒風凍骨。如星屑灑落的粉筆灰，被當作某種驗方吞服，以為可以治癒高燒的症頭，或暈眩。兩隻烏鴉從奧丁肩膀飛來，穿透我的黑箱子，瞬間，著了火。

蔣介石

一直覺得後腦勺隱隱作痛聽說最近寒流又要來了
還是戴上毛線帽保暖最重要年紀大難免有些
毛病改不掉例如起床特別早擤完了鼻涕就想出門
去公園晨跑並且戴上毛線帽保護我的後腦勺

年紀大難免有些毛病反應在身體上例如會有牙結石
膽結石膀胱也會產出鵝卵石真是匪夷所思
常常在想我的腦袋裡是否也卡了記憶的結石

關於北伐剿匪抗日那些零零碎碎的陳年往事
只記得手臂上刺的標語文字大腿上碗大的傷疤
但是腦袋中完全不記得自個的親人長得什麼樣子

開放大陸探親的那幾年曾經回去家鄉好幾次

看到的都是一些陌生的親戚朋友以及他們的孩子
從他們的眼裡我找到了鄉愁我的故鄉應該落籍在台灣
即使厝邊隔壁攏叫我老芋仔

這稱號用在我身上一點也不覺得有什麼奇怪
只是五〇年代好像有什麼東西卡在我的腦袋
既不是子彈也不是腫瘤我擔心是阿茲海默症的前兆
是什麼故事讓我一次又一次感動涕零活下去
是什麼支撐著我走過荒涼又繁華的年歲

後來去榮總給醫生檢查他說的確有個東西卡在裡面
X光照不出來只好付多些錢進行核磁共振檢驗
終於掃描出異狀我於是簽下切結書也填好器官捐贈卡
把遺囑交給律師，然後確認動手術的時間

歷時十多個小時醫生們終於順利
從我腦袋裡掏出一顆藍綠相間的結石
赫然發現上頭有米粒雕工的痕跡
明明白白寫著三個字
「蔣介石」

當我心有所愛

像蠟燭燃燒到了盡頭
看著那些淚水在黑暗中發光
來自火焰的咒詛無非是苦

當五官隨火焰之舞步逐漸融化
身上的零件一一被肢解
還有什麼可以從皮囊掏出

誰喜愛失血蒼白的肌膚
誰喜愛渙散無力的眼神

死亡，那神秘的引路人
帶我前往幽冥之境　罪惡之淵
我願渴飲那嗜血的黑泉

即使生命消逝地那樣虛無
仍甘之如飴

你的眼光　你的憐憫　你的臂彎
我們的花樣年華頃刻間爆裂如花火

血被潔淨了
靈魂被釋放了

摟著你的髑髏跳舞

親愛的
我必須坦白告訴你
愛就像一枚未孵化的蛋殼
曾經新鮮的，如今
不斷流出腐臭黏稠的膿汁

我們的心早已死透
沒有感情的容器
到處爬滿蜘蛛絲

我們的空房間
從來只住進寂寞
卻不繳房租

摟著你的髑髏跳舞
你的微笑逐漸剝落
曾有的溫度、你的掌紋
甚至腳底板上的雞眼
我都深刻惦記著

親愛的
我們承載愛情的舟子
早溺斃於風雨飄搖的人世
我們所信仰的永遠啊
永遠不存在

黑夜閉上黑色的眼睛
不再觀照，靜默

即使星光微亮
也是億萬光年外的星光

親愛的
這是最後一支舞
來吧，我們來跳舞
跳到骨頭全散掉
直到黎明帶走我們
嬰孩般純淨無垢的靈魂

我以為那是淚
誰知從你眼中掉出來
竟是我一片一片
剝落的皮膚

秋天，某人的名字

淡淡的
把思念留給令妳思索的人
像風吹過葉子
卻什麼也沒說

當妳思念起某人
請喊著他的名字
他會聽見秋天的聲音
如一片葉子緩緩飄落

削過心頭的那個名字
是一把銳利得不能再銳利的刀
將夜的風景一刀劃下
寂寞的肌理裸露無限低溫

有什麼會在秋的枯林中燃燒的
有什麼會在見面的瞬間昇華的
一個名字連繫著另一個名字
在秋天妳心中默喊他聽得見

我的父親誕生於一九三〇年

蒸汽船冒著頭頂上的煙
爺爺在廂房裡抽他的鴉片
窗外種了一千畝田
長江北岸是老人家散步的花園

一根稻草可以換一千袋米
管帳房的偷走他所有地契銀票
帶著嬌美的填房遠走他鄉
那時革命的聖火還沒快遞到上海

我的父親誕生於一九三〇年
羸弱的祖母在他兩歲之前就消失不見
我試著從蘇童的小說中尋找他的童年
田家河附近是否也有一條香椿樹街

當日本鬼子佔領他們的村莊
撐開手都是稻草人的臂膀
五十音聽起來像子彈穿過胸口
教科書上寫的都是八個野鹿

如果多一張船票你會不會跟我走
一九四九年親情的大陸割裂成兩岸
父親倉惶告別浦東碼頭
隨遠房的堂伯漂流到西子灣

文革那年叔伯們被紅衛兵抓走
扣上帽子嚴刑逼供父親的下落
整排牙齒被敲斷卻一個字也不肯說

血脈纏連的夢境都滴成了昨日的雨花石

長江北岸的銀杏飄過戰火的年代
一排排整齊的溝渠穿過阡陌交織的平原
嚼著碗裡的白果預想今年的收成
香案上依舊是爺爺抽象的臉

未完成的風景

——寫給早逝的戀人

如果落葉輕唱
小河流淌你眼波

如果拈花的手停在半空
記憶裱貼著牆

或許我會在藍色信箋內
灑些輕塵　遙寄渭城朝雨于你
喃喃幾句美麗的咒語

如果巴山話別後
一枚毬果卡在你的喉嚨裡

如果這條街持續黯淡下去
寫意的悵然　日記留白

或許我會用褪色的稿紙
摺成千紙鶴
向著回憶的海面
低空飛行

君不見歲月的幽靈都先我們老去
只聽見風薄薄穿過蟬翼枯脆軀殼
整座山嶺吹響神秘冬日號角

在天安門撿到一具屍體

我站在東交民巷口沒有掉一滴淚
我靜坐在營棚裡沒有喝過一口水
我跪在人民大會堂沒有喊一聲累
我蹲在地上寫抗議書沒拿過一毛錢

解放軍不曾解放過我們
頤和園不曾下過六月雪
飄過的雲不曾遇過湛藍的天
黃河之水不曾如此清澈如洗

貼滿大字報的牆上寫的都是詩
阻斷巴士和鐵路的都是詩
走上街頭示威的都是詩
都是愛者和鬥士

我在天安門廣場撿到一具屍體
那是被履帶犁過腥紅的一張臉
被金黃色的五顆星星照耀過
被革命的同志們祝福過

死後第七天

死後第七天　來到惜別岸邊
你帶著我的骨灰　灑在最藍的地方

潮濕的風中　有水手在唱歌
暈眩的船螺　濃霧遮去視線
看不見你的手　向我說再見

十六歲的那個下午　我們一起散步
薄荷葉與迷迭香　衣袖裡藏著你的體溫

呼吸是一種神秘的音樂
你的指尖撥弄我的身體
彈斷了最後一根弦
而遠處的屋舍在冒煙

我看見海
正向我走來

如果時間倒轉

妳在漆黑的房間用粉筆
畫了完美弧形近乎圓
妳坐在中心任光的溫度包圍
漸漸下陷，像柔軟的床墊

漆黑的房間在頭頂上愈來愈遠
慢慢形成了黑色芝蔴點
那道光帶你下到凡間
有笑有痛也有淚的人生

任何事平凡到不行
沒有超越也沒有絕對
妳的心被光完全包圍
它跳得不慢也不快
比時間更甜蜜，比未來更靠近

妳不言語，花的香氣，水的流動
樹葉朝著陽光移動影子
雲湧向地平線，山在湖的彼岸
笑臉般一盞又一盞的睡蓮

我見著妳，在一個藍色夢裡
月牙兒彎的枝頭，星河潺潺滑過
那支被遺忘的歌又重新唱起
記憶那麼醉，妳為誰流淚

任髮絲一吋一吋抽長
妳的靈魂還枕在井之湄
不肯放手讓故事順著紙船漂走

掌起燈，文明初啟的額頭
刻著愛情的黃金誓言
那樣深的思念，連玫瑰都要憔悴

妳還在問有沒有愛情的盡頭
有沒有不會心碎的琥珀
有沒有可以藏匿千年的黑洞
如果時間倒轉

航向世界盡頭

原來，那些一直找不到的漂流物件
都寄藏在這裡，像村上龍筆下的車站寄物櫃
我們駐足，打開一個又一個的時光抽屜
悲傷彼此無以名狀的悲傷
快樂著一行接著一行的波浪
詩，也就隨著海，航行了兩萬哩
甚至找不到盡頭在那裡

我們去環遊世界

我發現遺體的腐爛，最先是由鼻子開始的。

用手指搓一搓鼻子，就像沒有糊好的壁紙塌陷下來。沒關係，只要不被火化，做一個沒有鼻子的人走在大街上，也不會妨礙呼吸。愈是這樣想，意志就愈堅定，去到哪裡都無所謂，只要屍體不被火化就好。

可是遺體在拖行的過程中，感覺愈來愈沉重，好不容易拖到一間地下室，地面潮濕冰冷，結著一層厚厚的青苔，依稀聽得見有鬼交談的聲音，而我決定把遺體留在那裡。

很快地，膿血從屍身內滲入青苔，一根根細密如毛髮的根莖沉浸在泥濁的屍水中。我試著把手背上的皮膚撕開，現在那些肉就跟手扒雞一樣鬆軟，纖維狀的肌肉組織清晰可見，我感到有些激動，迫不及待想看見手肘上的那根骨頭連著肉的模樣。

我迅速把遺體埋了，沒有火化。我成了自由人，進入銀行金庫取用鈔票如探囊取物，但我發現再多的錢也無法滿足我內心不被理解的空虛，於是大搖大擺地走進超市，營業人員對我視而不見。

索性打開冰櫃大啖起冰淇淋來，我發誓這輩子從來沒有吃過那麼多雪糕，好像胃擴張的怪物，吃完之後，用長長的舌頭舔舔嘴，肚子雖然填飽了，內心卻依然寂寞。

於是對我的愛人說：你可以跟我一起死嗎？如果可以的話，我會想辦法把你的屍體藏起來，這樣我們就可以去環遊世界了，而且機票食宿都免費，把別人的信用卡刷到爆也沒關係，反正卡債也催不到我們頭上。

她答應了，我們很順利把她的屍體藏起來，搭上早晨的第一班飛機前往南非開普敦機場，看最原始的欲望奔馳在一望無際的草原上，我們的靈魂熱情洋溢，快如閃電。

我們去環遊世界，把幾輩子幸福一次揮霍殆盡，然後乘坐熱氣球離去。

流浪在異國

夢見自己正在異國的街道上徘徊
許多陌生面孔從眼前無聲地飄過
飄過　沒入藍色的夜霧中

踏遍鋪滿石塊的廣場
可以看見各式各樣風格迥異的建築
斯巴達式　拜占庭式　伊斯蘭式　哥德式
波希米亞式　巴洛克時代　維多利亞時代
這必定是一處民族混同　文化滲透每一個朝代的盛衰

廣場確實很大　從這頭望去遠處的鐘樓和教堂
像是隔海的燈塔　在彼岸對著我眨眼睛
異國的市集　招引著買賣的人群　不斷湧入聚集
市集裡交易著性與道德

一名女高音在廣場中央忘情高歌
唱著我從未聽過的悠揚美聲

因為語言的疏隔成為某種不可抗力的迷障
我只能隨著音律　或左或右搖擺
為要釋放禁錮已久　哀傷的靈魂
那哀傷的靈魂啊　一如廣場上的鴿子們四散飛去
滿載快樂的時光之羽在風中飄浮

流浪是否意味自己不過是虛無的存在
在那說著我不懂的語言和生活方式的城市
我不在意扮演好一名外邦人的角色
是否會比詩人來得真實
只是漫無目的無意識地流浪

在異國　找不到一張合適的床
在異國　下一站該流落何方

日暮里概念音樂A面

一排行李架低低掠過家園
掠過收成後焦黃的稻田
臨海的季候掠過
藍皮座椅平行排開
車廂外　黃膚色煙囪
連續和不連續廠房
倚望枯水期的河床

看傍晚六點路燈微亮
每一盞都快速許下心願
開往星都的銀河鐵道
下一站依然擁擠
單程車票握在手中
握不住臨別的話語

月臺已埋入雪線以下
遠昔回聲凍成一張停格的吶喊
ＬＥＤ看板閃爍取代擴音喇叭
——寂寞準點抵達——

日暮里概念音樂B面

手風琴搖來了黃昏
民謠輕快　綠色街樹一排排走過你眼瞳
廣場上白鴿靜坐　舉行不法集會
巴士則沿街叫賣文藝復興

在水都輕唱船歌
綠波　豎琴　曼陀林
排笛悠閒　坐聽吉普賽人占卜

咖啡館座落在兩條街以外
我醉在波隆那小酒館的吧台

薔薇籬笆關不住早春紅霞
鐘聲消隱　門扉深鎖聖母院

不需要半點音符提示
風信雞該知道指向何方
唯物論巷弄裡　吟詠風乾的淚
悄然間季節又換了臉色

那是日暮里的黃昏
明年還會不會回來

沙漠觀光指南

現象1：你看得見沙漠

現象2：你看到的只是沙漠的一部份

現象3：你看到仙人掌和綠洲

現象4：你看到獸在啃蝕牠的心

現象5：你看到公路筆直向前

現象6：你看到遮蔽的天空

現象7：你看到複製的風景

現象8：你看到蛇

現象9：你看到不停變貌的沙丘

現象10：你看到風沙將你團團圍住

現象11：你看不見沙漠

現象12：你看到溫度，游離的

現象13：你看到海

現象14：你看到勃起的太陽

現象15：你看到脫隊的駱駝

現象16：你看到閃電擊中一棵樹

現象18：你看到一萬年前的岩礦

現象19：你看到乾裂的河床

現象20：你看到慾望和死亡

現象21：你看到火焰撲向另一團火焰

現象22：你看到外星人

現象23：你看到永遠得不到的誘惑

現象24：你什麼也看不到

現象25：你什麼也看不到

現象26：你看見了沙漠

五月盛放

開在異域的花朵
五月盛放如鮮血傾注
巨大樹根牢牢攀附古城牆
綠色的火啊，熊熊燃燒
妳夢裡的天空之城
早埋沒荒煙與蔓草間

隱約的彈痕、毀壞的浮雕、無人訴說的故事
時間悠悠流過，關於一條河的身世
藏經塔禁錮的幽魂，思念飛旋

身體殘缺的歌者在樹下彈唱
臥想極樂飛仙婀娜的裙襬
君不見瘟疫的黃土地

黑暗已撤離曾經焦黑的眼眶

妳輕搖著槳，搖晃著我的愛憐
倒影婆娑的洞里薩湖
優雅舞姿划向夢的三角洲

白衣去了天涯
少女的隊伍拈花行過河岸
背影是沉默的說書人

古廟前、菩提樹、菩提葉
夢迴從前的從前
昔日炮聲濃烈的戰場
如今是人潮熙攘的街
妳戴上花戒指

難忘佛前的誓約

掘藏記憶的雙眼
將這一刻的妳凝凍
沖洗成永不泛黃
永不凋謝的天使之淚

我帶你航行

我帶你航行　這荒漠橫渡無垠
烏雲的前導下帶來了潑墨般的雨
在落寞的黃昏招手　如一朵盛開的優曇

我帶你航行　這道路沒有盡頭
沿著夢　夢也似的江河航行
不絕於道途的風景　美好的開場白被遺忘

我帶你航行　這生命已然完成
一枚果實迅速成熟、跌墜而腐爛
許多等待綻放的花朵　聆聽黑暗中的音樂

我帶你航行　這莊嚴的海岸線
日夜有潮汐膜拜　人魚的眼淚渴望上岸

宇宙的回音何其寬闊　埋在沙灘上的海螺

我帶你航行　這潑墨般的人生
需要一點留白　一點點愛與尊嚴
無所謂純粹　無所謂超越

當人們彷徨無主的時候
當人們需要光明的時候
且讓我帶你航行

透光的樹

我走在波蘭街頭
尋覓失落已久的鄉愁
那破敗，宛如廢墟的斜屋
住著陌生的遠房親戚
以及爺爺留給我的遺物
一株透光的樹

漸層灰搭建的水泥牆
四面楚歌將它圍住
綠葉不肯向命運低頭
對著北風傾吐歲月

如菌絲般的記憶裡
瘟疫開著坦克來的那年冬天

我一個人背著書包去上學
凍傷的鞋子，擦肩而過的擔架
燒炭的流浪漢對我微笑

我以為聽得懂樹的語言
「敵軍快要越過邊界了」
躲在樹蔭下沒人看見
寂寞，屍橫遍野

我聽見友伴們的哭聲
他們手捧一坏坏泥土
埋葬小學生的制服
落葉織成的絨毯很溫暖
我的名字就躺在那裡

一切都顯得安靜極了
除了防空洞裡絕望的呼嚎

幸福和悲傷的兩種天氣

1

昨天，從石頭族部落經過
看見他們取火，烤自己身體
他們說：要驅散體內的濕氣
活著就要動，免得發霉
同樣是梅雨季，我們
連續跳三個月舞踏
依然擠不出乳汁

2

像是揮舞著火把那樣
幸福，忽明忽滅
我們照著前方的路
時不時還得回頭看看

靈魂有沒有跟上來

3

徬徨的時候，用路邊撿來的
獸骨占卜或觀察泥地的足跡
來判別路的方向，走到最後
往往又繞回原來的地方

4

族長說：把鹽塊丟進火中
劈哩叭啦是好天氣
悶聲不響是壞天氣
那悲傷和幸福呢
昨天和今天的我

正因為愛情症候群
失去了呼吸的能力

你也會愛斯基摩語嗎？

「你也會愛斯基摩語嗎？」
初次聽見妳在機場海關
如此獨特的開場白向我問候
接著妳的鼻子湊近
呼吸親吻呼吸

當一塊塊浮冰彼此碰撞
漂流到東格陵蘭島上
我彷彿聽見太平洋深處
有座海底火山爆發了

「你也會愛斯基摩語嗎？」
雖然只記得幾個會話單字
生硬的發音讓舌頭打結

甚至聽不懂因紐特族和尤皮克族
進行冰上曲棍球互罵的髒話
手裡依然緊握搖控器
盯著旅館房間的電視頻道
期待可樂熊冰原快跑的廣告

古老到幾乎教世人遺忘的語言
其實藏著燧人氏的魔法吧
妳聊起部族的傳說眉飛色舞
每個音節串起來像鈴鐺
又是那麼地清澄透澈
——像雪花裡的冰晶

「你也會愛斯基摩語嗎？」

我聽見收音機傳來拉雪橇的哈士奇
伶俐的爪子劃過深雪……
在這個溝通困難咬字不清的年代
還有什麼語言能夠用來形容
一個人的孤單或兩人份的寂寞

你知道嗎？愛斯基摩語
有高達五十種「雪」的說法
妳的聲音冰鎮我的靈魂
海豹洶湧油亮毛皮泛著淚光

有些浮游生物靜靜的死去
破冰船正急速越過峽灣……

「你也會愛斯基摩語嗎？」
燃燒的鯨脂是一盞巨大的神燈
獵人們邊喝生啤酒邊打樸克牌
輪流說著男孩變成熊的故事
不再對皮草感到過敏的鼻子
只記得妳靠近的溫度，並開始遺忘
——南方安逸的陽光

雪人融化的時候
臉上會是尷尬的表情嗎？
我不禁要問妳
捱過了這個冬天
候鳥會不會在妳心裡築巢
我總是害怕自己會凍成一根冰柱

才會如此渴望妳的擁抱
傾聽妳雪落的聲音

冬夜，一個旅人

我要旅行。
我要與妳擦肩而過
假裝回眸
漫不經心地
擦亮一根火柴
還沒點著就熄滅

多風的夜裡
這已經是最後一根煙
再沒有什麼值得我留戀
離開這座小鎮這條街
沿途托著殘缺的夢
化緣

我要旅行。（這句話常常掛在嘴邊）
但我從未真正出發
讓我通過妳的
身體到達彼岸
路途並不遠（也許）

如果可以
我想細數妳青春
分叉的髮尾
緊緊抓住妳的手
什麼也沒說
我要旅行。
我不知道方向
找不到一張地圖

回到最初

外面下著雪
風搓成了圍巾
我用快要消失的
語言對妳說

看著我的眼睛
有沒有看見
雪地上的星星

啟示錄

我竟是為了欣賞你的惡夢來到背教者的餐桌前，
喝下獻祭的酒、啃著戀人的手指和親人的嘴唇，
被月光磨利的思維差一點就輸給謊言。
手捧著未出世的嬰孩歪斜著頭看著我說「爸爸我餓」
幾乎來不及抽手我的手指已在他的食道裡顫抖著。

整個夜晚警方四處張貼通緝我的尋人啟示，
失眠的鄰居塞給我過量安眠藥和搖頭丸，噓！別讓上帝聽見。
消防隊員被燒死在火場，救護車連環追撞，法醫解剖我的屍體，
天使搶走我的內衣，魔鬼拘提我的靈魂，不再被人間奴役，
近乎完美的七宗罪，留給未來人們去探索屬於古老的傳說。

來說預言的

來說預言的表情豐富
翻遍字典找不到可用的詞彙
從占星學角度分析
智慧宮應該落在冥王星

眉間有顆深藍色的痣
說憂鬱是未開的眼
從淺淺暮色說到夜漸漸深
總把樹說老了把湖說乾了
卻不願說說那美麗的未來

誰會在曠野
聽見被狼群叼走的嬰孩
黃昏來臨前

預見城傾的憂傷

來說預言的表情生動
知道會有顆星告別
伯利恆的天空
為愛降生、為幸福奔走
當所有牧羊人
還來不及察覺的時候

愛元素

如果我的體內儲存了過剩的愛元素
超過某個臨界值，是不是就該另外
找個隱匿的所在挖個洞把它埋起來

過剩的愛，源自寂寞的核，當它們
被巨大到無以形容的能量具體燃燒時
遺留下來便是史前文明般的堆積物
既不能再次利用，也無法任意分解
衰變期變得很長很長像老妖怪一樣

或許很多人像我一樣沒有能力處理
這些寂寞的核廢料過剩的愛元素
回收再處理工廠也無法順利運轉
那就會造成情緒無路可出的惡性循環

我們的下一代繼續背負著沉重的債
毒液流佈地表生物畸形發育
情緒激昂的原始部族起兵抗議
孩子們都長著一顆顆歪斜的頭顱

等到所有垃圾都填平
興建另一座殖民的島嶼
再埋入寂寞的核廢料
長出一株又一株哀怨的樹

夢的廢墟

當他們拿著槍枝頂著你的腦袋
我想起上帝憤怒擊殺那些不從之民
背棄的、離散的、懊悔的，都與淚水無關
刻在身上羞恥的記號，把祖輩姓氏從墓碑上抹去
勇敢走向黑暗，夢魘般的經文，野火狂燒草原

恨意滋養的怪物們日夜啃蝕著肥大心臟
你發酒瘋似地滿嘴髒話
咒詛溫柔的誓言，比方說「永遠」
眼神幽浮，乘著太空船離去
留下我孤獨運行著
只不過一顆小行星的憂鬱
也許明天就能夠治好

青春痘、胃穿孔、神經痛
我的靈魂跳入火圈，獻祭給撒旦
該死的陌生人已經死了
難道還要從墳墓裡挖出來
一千零一鞭你才甘願

如今假裝浪漫地寫著遺書
盡可能不去猜想天堂什麼模樣
仍堅持跳躍，縱使末世離我不遠
荊棘佈滿髮膚，鮮血泛涌成河
你憧憬之黑彌撒奏起最哀傷的歌
綑縛著肉身，扯裂著呼吸，惡靈嘶吼
思念將我推入精神病院，眼見一切俱化為灰燼
宛如夢的廢墟

世界末日的某個角落

從上一個冰河期開始
默默地 我們各自煮著咖啡
倒數星球的末日

餐桌上散亂的杯盤和果醬
正熱烈討論族群和環保
而我們只是淡淡地微笑
啃著冰箱剩餘的法國麵包

頭版是否淪為肥皂劇碼
沒有人知道
主線發展不及神的意志可靠
群眾期待心理
潛在的暴力

那末日占據的空間太大
虛弱的想像無以容納

「三個月紅雨，持續
孢子塵覆蓋大地
群眾搶購新鮮空氣
暴動，頻仍」

妳手拿著烘培餅干
隨意讀取社會版標題
雲稀薄　微弱的鼻息
這動作，彷彿
使我想到縱向排列的九大行星

諸神的黃昏如此精采
核子試爆很有禪意
駛向末日的列車
轟隆一聲
殺進左耳從右耳穿出

妳並不想抬頭看我
爭執的話題依然膠著
續杯咖啡　不加奶油球
冗長的劇情
需要時間滲透

餐後的甜點帶有世紀末風味

香、滑、甜、膩
易於入口的誘惑

而股市長黑　瘟疫流行
失業者在街頭舉行嘉年華會
麵包很貴　黃金價格持續飆升
把希望留給明天的明天

妳把選台器遞給我
一千個頻道找不到開心的鏡頭
生命的節點一一跳過

是誰寫的劇本
在我們賣力演出的背後

冷靜操縱

沒有狂熱不足以革命
妳冰涼　但不可口
拉下窗簾後
我聽見冰河迸裂
黑色心臟傳來空洞的回音

每次當我想起你

一直納悶究竟該如何湮滅證據
妳伸展如蜘蛛絲狀的透明假想線
遠比妳傀儡的關節炎更為放縱自由
總是在夢中牽妳的手穿越那些廢墟
恣意欣賞臨情荒景探勘下次藏屍的地點云云

我是如此病態愛著妳，用金箔和雲母片斂著妳
在妄想中進行多面向的切割，更猥瑣、更碎形
不同的墓石按摩著分門別類的頭痛
已有多處細胞壞死、組織液滲流、瞳孔放大
脖子勉強撐起連著頭皮的顱骨沒有了五官
連親吻也找不著可以依附的皮膜
更別提指紋的形狀，或許殘存磷質的靜電

早已忘卻孟婆湯滋味的文藝中年
意外在黃泉路上找到回家的鑰匙
那裡的房子很陌生門牌號碼也模糊難辨
慌亂中拾起零散的骨頭朝身後扔去
幽靈們竟在新聞頭條上找到自己的姓氏

連綿雨季大字報寫不完腥紅顏料塗滿骨灰粉刷的牆
爆料口水甜蜜謊言一個字也不能少
唯獨妳遺落的黃絲帶還在電線杆上飄搖
別告訴我那其實是人頭氣球吧親愛的

我們都逃離不了童年的陰影每一個人
身上都有鬆掉的螺絲尚待修復都有
丟不完的簡訊但眼皮浮腫內容空洞

而我怎麼也想不起妳的名字
埋藏泥土深處化成蚯蚓的妳的名字
在我腐爛的心臟鑽進鑽出好幾次

尋找各各他的女人

她在高崗上準備背叛她的情人
她背起自己的十字架
她尋訪自己的墓園
她註定被命運之神遺棄
沒有任何優雅
如燭光和讚美詩

還有躲藏在陰暗畫室裡的少年
他的臉龐被鐘塔斜影遮住了
起身用顏料為各各他的女人
留下絕美一刻
並緊握住手中的贖罪券

窗外，群眾的暴動已波及至此

他成為自己的叛徒
雕刻刀深深地在他腹部
刻出一朵血玫瑰

無人得知的憂傷
關於她和他的故事

憂傷藍眼女子

——致莫迪里亞尼

眼神無助凝視窗外
德布西的月光飄了進來
胸前別著黑色十字架
聽不見的音樂在搖晃

每次都偷偷和玫瑰約會
偷偷摘下一朵刺的芳香
告訴自己這次你是認真的
不會再有任何欺騙

別向我索討悲傷的雪花好嗎
昨日已攪碎在我瘦弱的胃
反芻語字的鋒利劃過心臟
用等待催吐近乎沉默的真實

我願成為你畫筆下永恆的俘虜
那怕是披著喪服抄寫蒙馬特遺書
也要捧著藍眼睛鑲在你的墓碑上
那怕冬天來了也要和你魂靈相隨

註：莫迪里亞尼（Amedeo Modigliani 1884-1920）
義大利表現主義畫家和雕刻家

默默地，我相信天使

昨夜，我夢見了天使
天使的臉如此熟悉
彷彿一伸手摸得到她的呼吸
她光潔的肌膚在黑夜持續散發誘人的果香味
神聖不可侵犯，夾藏著信息

當我搭乘熱氣球飛行通過黃石公園的上空
被執勤的警員攔下來盤查的時候
我看見天使對我微笑
雨林裡一隻美洲豹優雅地躍過沼澤的濕地
完全無視鱷魚們不懷好意的眼神
晨間精靈輕盈踩跳，初綻放的花瓣與芽葉
留下淺淺淡紅色印記，灑在草莓蛋糕上的糖粉

為何夢見她在我耳畔呢喃
我聽見教堂鐘聲和葛利果聖歌
銀駒飛馳，神思者默想未來
天使溫柔的翅膀，穿梭冥河與天界之間
來自克蘇魯的咒語，開啟神話之扉

默默地，我相信天使
能撫慰大地的傷口，讓憂傷的靈魂安息
風霜雨露都成為土壤滋潤的養分
願流離失所的回到他們久別的故鄉
追悼者得永恆

我照著天使遺留的筆記
為分手的戀人抹去傷痛

為失智的老人鎖住時光
為徬徨在十字路口的你
點亮黎明前的微光

所有蘑菇都是我的信徒

我為他們建造殿堂
提供他們純潔信仰
指引他們力量
在髮根栽種有機蔬菜
在耳朵裡培育蘑菇
定期灑水、施肥
唱聖歌給他們聽

偶而按摩疼痛穴位
得以鬆弛在黑暗中
呼吸芬多精
靜默地釋放孢子
暴露於超量核輻射
也絕不失卻耐心

不放棄撐傘
度過漫長的雨季

不時接收宇宙傳來
黑洞頻率，不排除
前世是外星人的可能性
早晚記得敷面膜　服用Ｂ群
此刻有光照耀在他們心底

所有蘑菇都是我的信徒
我是他們遙不可及的
未來

跋／詩本身即是美德

親愛的，記得我曾跟你說過在網咖瘋狂寫詩的事嗎？

照例是睡不著的夜，索性決定不回家了，遊蕩台北街頭一整晚也不是辦法，徒步走到南海路，走過我曾經浪擲青春的時光，隨便找一家包整晚的網咖走進去，付了錢買時間，還有泡麵和一包淡菸，無比骯髒的鍵盤，很不人體工學的椅子，我當作是沙發，獨自陷入沉思。

然後我心焦煩躁，思緒如亂馬奔騰，無視於身旁戰火連天打打鬧鬧的連線遊戲，打開網上的留言板開始寫詩，霹靂啪啦敲著鍵，如混沌初始孕生萬物，打算寫到地老天荒也無所謂，沒洗澡也沒刷牙漱口簡直像個瘋子。幸好周邊有結界保護，好兄弟連番照應看顧，任何妖魔外道百毒不侵，心存一念，唯有寫詩。

洋洋灑灑寫了廿多首，鬼也是這樣畫著符，直到身旁的戰士們統統倒下，直到外面天色由黑轉白，連櫃檯服務生都恍神打瞌睡，忘了該沖水洗馬桶，牆上第四台頻道閃爍黑白雜訊，我正收拾細軟打算去對面永和豆漿吃一頓早餐，像吸血鬼一樣搭早班公車回到像棺材般的小套房沉睡一整天。

那時候深愛的人已不在身邊，還沒有找到值得愛的女性，內心的寂寞和無以名狀的黑洞已啃蝕我幾乎體無完膚，唯獨詩是飲鴆止渴的愛情靈藥，撫慰我缺乏光澤的心臟，短暫的安定我漏電的魂魄，詩本身即是美德，你別想從它身上撈到任何好處，某作家如是說。

想起詩如泉湧，幸福到發了瘋那個夜晚，就覺得不寫詩真的很對不起列祖列宗，雖然我筆下胡亂組合的句子也未必能建成祠堂供人瞻仰，又或許會有鬼懂得欣賞，在無名墳塚吟誦走唱，把詩當作超渡的經文，未嘗不是一種值得鼓勵的消費行為，若是陰間大肆流行起來，也是一絕。

這個年代的人都不讀詩了，
幸好還有路過的孤魂野鬼願意傾聽，
我迴向給他們殘留這世間純粹美好的聲音。

國家圖書館出版品預行編目資料

古事記 / 銀色快手作. -- 初版. -- 新北市
:布拉格文化出版 : 遠足文化發, 2011.08
面；　公分. -- (文學之森 ; BM001)
ISBN 978-986-87328-1-0(平裝)

851.486　　　　　　100010581

古事記

布拉格文化／文學之森 BM 001

作　　者：銀色快手
總 編 輯：趙佳誼
編　　輯：宋俊達
電　　郵：joeychao@bookrep.com.tw
社　　長：郭重興
發行人兼出版總監：曾大福

出　　版：布拉格文化出版社
發　　行：遠足文化事業股份有限公司
地　　址：23141 新北市新店區 民權路 108 之 3 號 6 樓
電　　話：886- 2- 2218 1417
傳　　眞：886- 2- 8667 1065
封面設計：孩子羊工作室
排　　版：王金喵

印　　製：成陽印刷股份有限公司
電　　話：886- 2- 2265 1491
法律顧問：華洋國際專利商標事務所 蘇文生律師
定　　價：300 元
I S B N：9789868732810
初版一刷：2011 年 8 月

文學之森

文學之森

布拉格文化

遠神惠賜